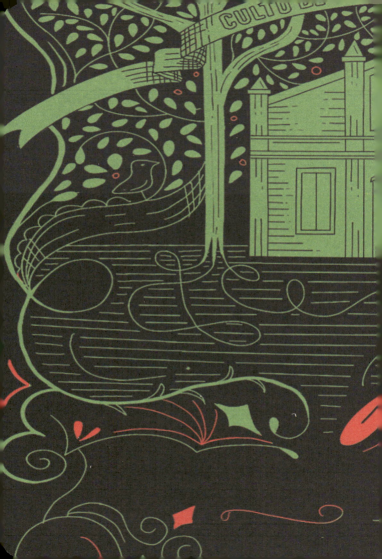

EMILIO GAROFALO

PODE SER QUE EU MORRA HOJE

THOMAS NELSON
BRASIL

Pilgrim

APRESENTAÇÃO DA COLEÇÃO

Este é um livro de meu projeto "Um ano de histórias". Há anos tenho encorajado cristãos a lerem e a produzirem histórias de ficção. O prazer de ler e escrever ficção é algo que está em meu peito desde a infância. Falo muito sobre o assunto num artigo disponível online chamado "Ler ficção é bom para pastor".[1] Nele, conto um pouco de minha história como leitor, bem como argumento acerca da importância de cristãos consumirem boa ficção.

É claro, para que haja boa ficção, alguém tem de escrevê-la. Tenho desafiado várias

---

1 *Disponível em: http://monergismo.com/novo/livros/ler-ficcao-e-bom-para-pastor/*

pessoas a tentar a mão na escrita e, para minha alegria, alguns têm aceitado e produzido material de ótima qualidade. E aqui estou também, dando o texto e a cara a tapa. Este projeto é minha tentativa de contribuir com boas histórias. O desafio seria trazer ao público um ano inteirinho de histórias, lançando ao menos uma por mês ao longo do ano de 2021. No final das contas, são 14 livros. Há, é claro, muitas outras histórias ainda por desenvolver, sementes por regar.

As histórias do projeto podem ser lidas em qualquer ordem. Vale notar, entretanto, que embora não haja uma sequência necessária de leituras, elas se passam no mesmo universo literário. Não será incomum encontrar referências e mesmo personagens de um livro em outro. De qualquer forma, deixo aqui minha sugestão de leitura para você, caro leitor, que está prestes a se aventurar nesse um ano de histórias:

> Então se verão
> O peso das coisas
> Enquanto houver batalhas
> Lá onde o coração faz a curva
> A hora de parar de chorar
> Soblenatuxisto
> Voando para Leste
> Vulcão pura lava
> O que se passou na montanha
> Esfirras de outro mundo
> Aquilo que paira no ar
> Frankencity
> Sem nem se despedir e outras histórias
> Pode ser que eu morra hoje

Tentei ainda me aventurar por diversos gêneros literários. De romances de formação à literatura epistolar, passando por histórias de amor, *soft sci-fi*, fantasia e até reportagens. Ainda há muitos gêneros a serem explorados. Quem sabe em outro projeto. Se as histórias ficaram boas, só o leitor poderá dizer. De qualquer forma, agradeço imensamente pela sua disposição em lê-las.

PODE SER QUE EU MORRA HOJE

Este é meu conto de Natal. Há uma longa tradição literária de histórias natalinas. Dickens, Conan Doyle, Nathaniel Hawthorne, James Joyce, Anton Checkov e muitos outros já criaram contos que se passam no clima, na época e no tema do Natal.

Natal, para mim, envolve nascimento e esperança. Envolve entendermos quem somos, o lugar em que colocamos nossas expectativas. Espero que lhes seja proveitoso! Feliz Natal, seja qual for a época do ano em que você esteja lendo.

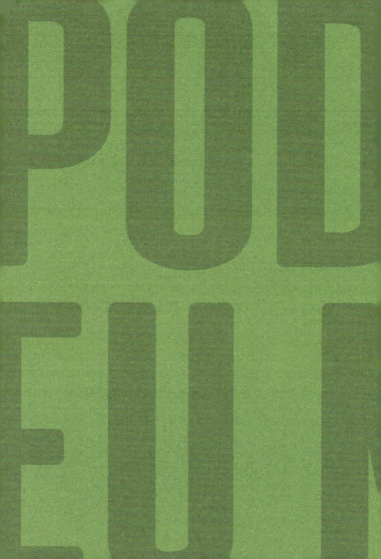

A influência da música nas gestações é um fato que já estava cientificamente estabelecido desde a década de 1990, e algo de que se suspeitava muito antes. Não foram poucas as mães que botaram a culpa de seus filhos serem agitados no quanto de *rock n' roll* o marido ouvia. Claro, há enorme divergência de pensamento acerca de exatamente quanto um bebê, ao ser assombrosamente formado, é capaz de absorver acerca dos sons que escuta vindo do lado de fora de sua habitação quentinha e molhada.

Entretanto, a capacidade tecnológica de infundir uma seleção musical na própria composição orgânico-ontológica de um feto em desenvolvimento é algo que só ficou demonstrado mesmo no outono de 2022. E apenas em 2030 se tornou, de fato, um procedimento relativamente comum nas clínicas de fertilidade do Brasil. Ainda muito caro, mas comum. Nos Estados Unidos, a partir de 2025, o processo se tornou bem acessível financeiramente e alguns casais brasileiros viajaram à América do Norte para a prática da chiquérrima musicoembriolização de seus bebês. Essa foi uma das muitas novidades da genética na década de 2020. E uma das menos controversas.

Maressa e Marinho estavam esperando o segundo filho. Era a décima semana de gestação e o procedimento precisava ser feito até a décima segunda para ter os resultados esperados. O primeiro filho, Marinhozinho, ficou com a avó materna enquanto o casal ia à clínica. Marinhozinho nascera antes da revolução genética que permitia a implantação da informação musical no embrião. O casal estava um tanto preocupado enquanto aguardava na elegante sala de espera da Ferti-Stylists, numa casa confortável na Av. Otacílio Negrão de Lima, região da Pampulha em Belo Horizonte. Era a quarta consulta do casal. A Dra. Teresa Diamantina, uma das sócias fundadoras da clínica, havia sido recomendada por uma prima de Maressa, Maria Fernanda. A prima havia utilizado o processo em seu primeiro filho no segundo casamento com o mesmo homem do primeiro. Como cantou Chuck Berry, *"It goes to show you never can tell"*. É complicado.

Dra. Teresa atendia de segunda a quinta em São Paulo e às sextas em Belo Horizonte. Era dificílimo conseguir vaga na agenda. Maressa sempre idolatrara a prima; sua recomendação da clínica foi tudo de que precisou. Confiava cegamente. Marinho até

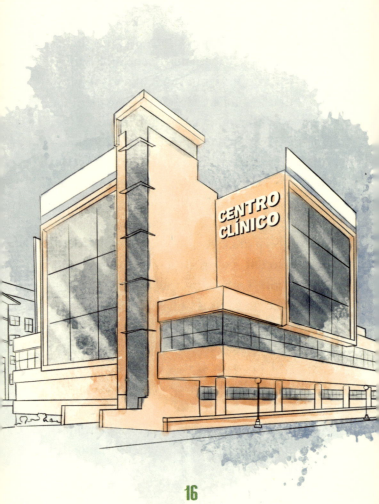

tentou convencer a esposa a tentar outra, menos badalada e mais barata, mas não teve jeito. Marinho já sabia bem que era melhor fazer como Maressa queria, senão seriam meses ou mesmo anos de reclamações. O barato sairia muito caro.

A seleção musical da sala de espera era realmente lamentável. Surpreendentemente sem sabor para um local referência em enxertar músicas na própria composição de um feto. As balas disponíveis na bomboniere de cristal, entretanto, eram muito boas. A de abacaxi era superada apenas pela de maçã verde. Tão boas, que Marinho já comera quase todas, para horror de Maressa. Marinho assistia na televisão da sala a uma partida de futebol europeu, e Maressa estava incomodada com isso. Ela queria a atenção dele quanto à ansiedade do momento.

Selecionaram o pacote Sapphire com uma *playlist* de 50 canções. Era o mais caro da clínica: custava tanto quanto um sedã médio zero-quilômetro. Ele achava aquilo tudo completamente desnecessário. Na sua opinião, Maressa só estava fazendo aquilo por conta das muitas reportagens, da conversa dos influenciadores a quem ela seguia e para impressionar as irmãs. Ele nem achava que funcionaria de verdade. Pensava que era mais um efeito placebo. Embora estivesse sendo gradualmente convencido da eficácia do procedimento, ainda assim relutava. Em sua forma de ver, já que se tratava de algo um tanto incerto, preferia comprar o pacote de entrada, com dez músicas. Custaria o mesmo que um cruzeiro de sete noites pelo Prata, o que ele preferia imensamente fazer. Ou meia semana num resort *all-inclusive* no Nordeste! Ele não acreditava muito no procedimento, mas, já que iriam fazer, Marinho não perderia por nada a chance de ter voz ativa na seleção musical. Não perderia, não, senhora.

Eles haviam combinado, após não pequena discussão, que cada um teria direito a 10 canções, selecionadas de forma totalmente livre. O outro não poderia impedir de maneira alguma. Nada de veto. As outras 30 seriam escolhidas em comum acordo. Aliás, vale dizer que, para os mais indecisos, a clínica sugeria modelos de *playlists*. Alguns dos títulos:

> *Erudita baby mind* – seleções dentre Chopin, Brahms, Beethoven e muitos outros grandes compositores, curadas por comitê do Departamento de Música da Universidade Federal de Minas Gerais (UFMG). Para otimizar o intelecto e as sensibilidades poéticas do bebê.

> *Rock clássico head banging baby* – personalidade afinada com os clássicos das últimas três décadas do século 20. Para quem deseja um filho que seja ao mesmo tempo autônomo e enraizado.

> *Brasilidade plena baby ginga* – um mix de sambas, maracatu, xaxados, catiras e diversos ritmos regionais do Brasil. Para que o filho já nasça com a veia brasileira aflorada.

> *Eclético contemporâneo baby tuned* – de jazz a I-Pop. Com os grandes nomes do jazz norte-americano aos maiores conjuntos do Indonesian Pop. Para que seu bebê já nasça com a personalidade do século em que vive.

E assim ia. A maioria dos clientes trazia sua própria *playlist*, mas alguns utilizavam essas pré-arranjadas. Marinho já tinha decidido 8 de suas 10 músicas. Se ele fosse bem sincero consigo mesmo, o que nunca tentava ser, perceberia que 3 canções foram colocadas apenas para irritar Maressa: "Água viva", de Raul Seixas; "Ideologia", de Cazuza; e *"Sweet Caroline"*, de Neil Diamond. Ele não tinha como saber que ela se irritaria com as duas de Elton John que escolheu: *"Crocodile rock"* e *"Tiny dancer"*. Achava que ela não gostaria muito de *"Twisting by the pool"*, de Dire Straits. Estava errado nas três avaliações. Os casais se conhecem menos do que acham.

Ele queria uma boa seleção de Punk Rock, pois desejava que o filhote tivesse uma pontada rebelde – alguém pronto a desafiar autoridade, entende? Mas não muito. Afinal, ele mesmo seria autoridade sobre o filho, por isso só uma canção. Seria algo dos Ramones, mas ainda estava entre *"I wanna be sedated"* e *"Blitzkrieg bop"*. Marinho temia pelas 10 de Maressa. Tinha certeza de que teria mais Sandy & Junior do que seria saudável. E provavelmente teria umas músicas latinas que só ela gostava. Enfim, combinado era combinado.

A escolha das 30 em comum havia sido relativamente fácil até o número 25.

Haviam começado por algumas que eles consideravam contar a história do casal. Canções que marcaram seu namoro, a que usaram para a saída na cerimônia de casamento, duas do Coldplay (primeiro show internacional a que assistiram juntos), algumas dos Beatles e Stones (pela história do rock), algumas clássicas da MPB (para não perder as raízes nacionais), duas do Pato Fu (um toque belorizontino) e assim por diante. Ainda faltavam cinco. Eles tinham tempo. Na consulta daquele dia, precisavam apenas fazer alguns exames para verificar o desenvolvimento do bebê, alguns testes de sangue em Maressa e fechar o pagamento da primeira parcela do procedimento. Marinho tinha pegado uma linha de crédito no Itaú e estava bem preocupado acerca de como faria para honrar o empréstimo. Foram instruídos por uma gentil enfermeira acerca de todos os passos que precisavam tomar, vários deles sendo medicamentos de forma injetável, para horror de Marinho. A partir do dia seguinte, ela precisava aplicar uma combinação precisa de medicamentos que deixaria o bebê mais suscetível ao enxerto informacional musical. A clínica alardeava bons resultados, mas, como os inúmeros formulários que assinaram deixavam juridicamente claro, não havia nada garantido.

Como a musicoembriolização funcionava? Com o crescente entendimento da codificação do genoma, foi possível desenvolver técnicas que permitissem a inserção de informação musical no próprio processo de replicação celular do feto. Lembre-se de que DNA envolve informação codificada de como se forma o corpo humano. O corpo está sendo formado e ele tem seu próprio manual de instruções de como fazê-lo. Com a inserção das sugestões musicais, algo dali era assimilado na própria construção cerebral e em algum nível parecia influenciar a nova pessoa que se formava.

Num certo estágio da gestação, após uma série de medicamentos e hormônios que facilitariam a assimilação, a gestante era levada ao centro cirúrgico; um líquido com a informação musical condensada em células nervosas da mãe (no processo chamado de *transanalogação informacional celular*) seria inserido dentro do cordão umbilical, ressignificando o processo de formação do corpo e da mente do bebê. Cada canção era transmitida em cerca de um minuto. Não parecia haver qualquer dor ou desconforto para a criança. Alguns se agitavam um pouquinho, mas nada que indicasse haver qualquer sofrimento.

A comunidade médica internacional, em geral, defendia a técnica. É claro que houve muita preocupação do público. O estranhamento popular que surgiu foi comparado ao primeiro momento da fertilização *in vitro* — um procedimento que inicialmente foi um tanto preocupante e gerou dúvidas na população, mas depois normalizou-se. É claro, vozes dissonantes existiam. Alguns diziam que a eficácia daquilo seria impossível de provar. Outros insistiam ser uma absoluta loucura tentar mexer com a mente humana desse jeito. Foram muitos os simpósios e livros lidando com o problema filosófico de mente e corpo à luz disso tudo. E, claro, autores de ficção e roteiristas criaram todo tipo de história apocalíptica com a musicoembriolização no enredo. O mais famoso foi o filme *O zumbido do mal*, estrelado por Matt Damon, Jenny Jolly-Williams e Robert Pattinson. Nele, um bebê foi musicalmente informado por uma *playlist* contendo apenas trilhas sonoras de filmes de terror, e ele mesmo vem a se tornar um conduíte para que o mal existente nas histórias passe para o mundo real. Foi uma mistura de ação, ficção científica, horror e filosofia pop no estilo *Matrix* que ganhou os corações da juventude no verão americano de 2025.

Todos os estudos internacionais indicavam tratar-se de algo bem seguro; o procedimento não estava gerando mutações genéticas nem nada assim — ao menos não se sabia de nenhum malefício definitivamente ligado ao processo. Era mais como uma predisposição inserida no processo de desenvolvimento fetal. E não é que a criança nasceria gostando da *playlist* inserida nela, mas a questão era que algo da própria personalidade ou do temperamento da criança seria afetado pela seleção musical aplicada ao seu ser em formação.

Por que música? São muitos os mecanismos da natureza que a ciência consegue explicar como funcionam, sem ter a mais vaga noção de por que são assim. Reside aí o grande mistério da musicoembriolização. Apenas música funciona, não outras formas de discurso. Não adianta, por exemplo, enxertar a informação de aulas de línguas estrangeiras ou um curso de história medieval na formação do bebê. Ele não nasce propenso a ser mais facilmente bilíngue nem com inclinação para ser historiador. Mas música, devido a alguma razão por demais elevada, pega. Ou ao menos parece ser assim.

Há uma questão ética, é claro. Ou melhor, muitas questões. Mas foquemos uma: podemos forçar algo assim na própria estrutura do ser de nossos filhos? Ora, muitos argumentam, nós já o fazemos de diversas formas. Ouvimos certas canções o tempo todo quando eles são pequenos. Direcionamos seus gostos. Muitas vezes eles amam algo por nos verem amando. Ou odeiam algo por nos verem amando, para a nossa tristeza. Nenhum bebê é criado sem direcionamentos de gostos e formas de agir e pensar. E, se podemos influenciar geneticamente a cor dos olhos, a propensão ao diabetes ou a altura, por que não direcionar algo da personalidade por meio de um dos feitos universais da raça humana, a música?

Nada daquilo era o que de fato preocupava Marinho. E, sim, ele tinha preocupações além do campeonato europeu, no qual seu Barcelona finalmente dava sinais de recuperação após os anos tristes desde a saída de Lionel Messi. E, sim, além de como pagar as muitas parcelas do empréstimo para fazer o procedimento. Ele tinha muita preocupação com a forma como Maressa encarava aquilo tudo.

Eles não tinham problemas para engravidar. Geraram o Marinhozinho logo que começaram a tentar ter filhos, no segundo ano de casamento. Casaram-se cedo, vinte e poucos anos, mas não queriam demorar. Tampouco houve dificuldade para a segunda gravidez, que recentemente se confirmara ser outro menino. Nome ainda secreto, segundo falavam para a família. A verdade é que sequer concordavam com qual seria o nome. Ele insistia em Paulo Mário, para homenagear os dois avós. Numa dessas coincidências, o pai dela se chamava Mário, como ele. Como o pai dele era Paulo, pensou em juntar os dois. "Muito espertinho! Quer dar um jeito de ter o nome nos dois filhos. Mas não. Vai ser um nome que eu escolha." Ela andava obcecada com esse menino.

Em particular, Marinho tinha a impressão de que a musicoembriolização era muito mais para atender aos anseios de Maressa do que ao bem-estar do filhote. Ela de vez em quando deixava escapar algumas coisas.

"Meu filho que vai ser famoso." Ou algo como: "Esse é o seguro de vida e a aposentadoria da mamãe." Marinho sofria ao ouvir essas coisas. Filhos não são acerca de nós. São acerca deles mesmos e de como cuidamos deles enquanto ainda estão em nossas mãos. Um dia os lançamos ao mundo, como flechas, e eles vão chegar aonde devem chegar. Não por nós. O que o preocupou sobremaneira, entretanto, foi algo que ele descobriu depois da última consulta antes do procedimento. Quando eles estavam na fase final de fechar a *playlist*. Chegou em seu telefone algo que partiu seu coração.

Maressa encaminhou para ele, sem querer, uma imagem de mensagens de uma conversa entre ela e sua melhor amiga, Beatriz Saralice. Era para encaminhar para outra pessoa, que Marinho nunca soube quem seria. Maressa foi rápida em perceber o erro e apagar a imagem. Mas Marinho foi mais rápido e a encaminhou para um grupo que tinha consigo mesmo e que utilizava para armazenar os boletos das contas a vencer e as escalações de times de futebol que ele gostava de bolar em suas horas vagas. Ele estava no trabalho de vendedor numa loja de material esportivo. Foi ao banheiro e leu o seguinte:

["Eu estou me preparando, Bia. Um dia largo do Marinho. Mas primeiro preciso que ele mantenha os meninos, só mais uns anos. Que ele nos sustente para então eu conseguir. E esse menino, com a seleção musical que estou escolhendo, vai ter muita aptidão para ganhar dinheiro. Vai ser meu futuro."]

["Mas e as músicas que o Marinho está escolhendo? Deve ser só bobeira, como sempre."]

["Com certeza. Mas está tudo certo. Sem ele saber, já combinei tudo com um médico assistente da Dra. Teresa Diamantina. Precisei dar

uma graninha para ele. E a vaga esperança de um possível encontro num dia desses. A playlist verdadeira que vamos utilizar é a minha. Paguei para um especialista em ME montar a seleção que vai maximizar os talentos necessários pro filhote ser uma máquina de ganhar dinheiro. Deixa o Marinho achar o que quiser. A seleção musical vai ser a minha."]

Claro que Marinho ficou lívido e indignado com o que leu. Pensou em estourar o assunto imediatamente. Considerou as ramificações de fazê-lo. Ela estava grávida e o filho era dele. Não queria um caos neste momento. Seria possível reaver o dinheiro? E como ficaria tudo aquilo? Pensou no teatro deles escolhendo juntos a *playlist*. Ficou enraivecido com a dissimulação de Maressa. Pensou no que fazer. Pegou a tarde de folga na loja e saiu para andar. Sempre fora a maneira como ele lidava com problemas, desde criança em Ipatinga. Ficou pensando no que fazer. Estava chocado com o egoísmo de Maressa. Seu amor pelo dinheiro já aparecera antes, é claro. Ele viu isso no namoro em muitas ocasiões. Mas, por alguma razão, que agora percebia ser tola, ele achava que a convivência com ele mudaria aquilo.

Marinho passou a tarde andando por Belo Horizonte. Era seu costume, desde menino. Quando precisava pensar, andava. Saiu do Minas Shopping, onde ficava a loja. Sem rumo, caminhava apenas vagamente, sem a consciência de para onde ia. Andou por quase dez quilômetros até o Mirante do Bem-Te-Vi, na Lagoa da Pampulha. Passou pela UFMG, pelo Mineirão, por mercados, por igrejas, por todo tipo de gente. Foi repassando mentalmente as músicas que queria incluir na *playlist*. Uma mistura horrenda de vergonha, ódio e incredulidade dominava o coração. Na madrugada anterior, passou uma hora procurando uma música e havia chegado a um clássico dos Estados Unidos que tinha bem o que ele queria: "American Pie", em particular o verso:

Did you write the book of love
And do you have faith in God above
If the Bible tells you so?
Now do you believe in rock and roll?
Can music save your mortal soul?
And can you teach me how to dance real slow?[1]

Ele estava querendo uma canção que juntasse as duas facetas da vida em que ele mais acreditava: Deus e a música. A música descrevia como ele se sentia quanto à Maressa e ao momento que julgava estarem

---

[1] *Você escreveu o livro do amor? / E você tem fé em Deus, lá de cima / Como a Bíblia diz? / E você acredita no rock n' roll? Que a música pode salvar sua alma mortal? / E você pode me ensinar a dançar devagarinho?*

vivendo. O casal vinha começando a frequentar uma igreja presbiteriana na cidade. E ele sentia que estava buscando entender mais da Bíblia, ao mesmo tempo que amava sua esposa. Parecia que a dança deles estava se entrelaçando com a dança de conhecer a Deus. E a música que tocava em sua alma era doce. Mas agora Marinho percebia que ela estava falseando os passos. Sua dança não era sincera. Ele estava dançando sozinho. Um dos versos da música o assombrava: *"This will be the day that I die"* (Este vai ser o dia em que morrerei). Como deve ser ter certeza disso? Como deve ser a sensação inescapável de que tudo vai se esvair antes de o dia acabar? Marinho não gostava de pensar na morte, mas a vida o obrigava a isso constantemente.

O pastor da igreja em questão era muito simpático e amável. Marinho sentia que entendia finalmente a mensagem da Bíblia e estava bem decidido a se filiar à igreja. Viu famílias batizando seus filhos e tinha vontade de fazer isso com o Marinhozinho, bem como com o novo bebê. Iria esperar o nascimento para batizar os dois na mesma ocasião. Agora ele finalmente entendia a relutância de Maressa em se juntarem à igreja. Pensou em ligar para o pastor para conversar sobre aquilo tudo, mas sentiu muita vergonha.

Estava em frente à lagoa quando viu umas capivaras saindo da água em direção a uma garça-real. Inicialmente, achou que haveria algum tipo de ataque, mas não. As capivaras se assentaram tranquilamente junto às aves. Ficaram ali, serenas. Olharam para Marinho, e aquela cena o fez lembrar-se de um presépio que sua avó tinha na sua casa quando criança. Era um presépio tropical, por assim dizer. Bichos da fauna brasileira junto à manjedoura. Cotia, tamanduá, ariranha, capivara e até um mico-leão-dourado.

Era terrivelmente brega e malfeito, mas causara uma impressão muito forte no menino. Olhar aquela cena lhe deu uma ideia.

Ele vinha aprendendo muito na igreja. Ainda era um tanto confuso acerca de coisas mais profundas sobre a salvação, mas tinha ficado fortemente em sua cabeça a ideia de como vencer o mal. O mal só pode ser vencido com o bem. De outra forma, o vencedor seguirá sendo o mal. Apenas calharia de ser o mal dele, e não o do outro.

Ligou para a igreja e confirmou que o pastor estava lá. Era o primeiro passo do seu plano. Foi lá para uma conversa que levou 45 minutos e saiu do gabinete pastoral com um papel. O pastor Jota ficou sem entender muito o que Marinho queria, mas se alegrou em ajudar.

O segundo passo do seu plano foi emboscar o Dr. Reinaldo Romero Nagoru, médico auxiliar da Dra. Teresa Diamantina.

Marinho o esperou na frente da clínica, perto da SUV Mercedes do médico. Quando ele ia saindo com seu carro, quase atropelou Marinho, que estava de pé, sinalizando para conversarem. Naguro reconheceu o cliente e temeu pela descoberta de sua falcatrua, mas aceitou conversar assim mesmo. Foram para um Habib's ao lado da clínica.

Num primeiro momento, o Dr. Naguro negou tudo. Disse que era um profissional muito ético e que nunca aceitaria dinheiro por fora para nenhum tipo de atividade suspeita. Marinho prometeu ir à televisão, à polícia e à Dra. Teresa. O médico relutou, até que Marinho explicou que não queria expô-lo. Não. O que ele queria era também pagar o médico para que fosse a *playlist* de Marinho a ser utilizada no procedimento. Dobrou o valor que Maressa havia oferecido. Dr. Reinaldo vinha guardando dinheiro para tentar trocar a Mercedes por uma Maserati e, embora ainda estivesse bem longe do total, por certo aquelas dezenas de milhares que iria tirar do casal ajudariam. Acertaram o valor no fio do bigode. Marinho entregou a folha de papel que conseguira na igreja e seguiram seus caminhos. Ia se virar para conseguir o dinheiro.

Marinho pegou um Uber para casa. Era a semana do procedimento. Decidiu que não diria nada para Maressa. No jantar, terminaram a *playlist* que teoricamente seria utilizada — cada um deles secretamente sabendo se tratar apenas de jogo de cena.

Marinho foi dormir cedo naquela noite, pensando na seleção musical que fez com a ajuda do pastor Jota. A *playlist* era inteirinha de canções de Natal. Tinha clássicos como *Noite de paz*, *Oh! Noite santa*, *Little drummer boy* e tantas dessas que se ouvem por rádios, shopping centers e igrejas a partir de meados de novembro.

Tinha inclusive algumas que não eram cristãs, mas que evocavam o clima de generosidade e altruísmo que Marinho tanto amava. Incluía *Have yourself a merry little Christmas'*, *Blue Christmas*, *Let it snow*, *White Christmas* e muitas outras.

Ele sabia que o mundo precisava de salvação. Tinha esperança de que seu filho fosse parecido com o homem que originou as canções de Natal. Marinho estava amando aprender sobre Jesus e o evangelho. Gostava muito do que ouvia. Pelo seu entendimento ainda um pouco confuso, o evangelho dizia respeito a sermos pessoas melhores; a tentarmos mais e nos esforçarmos para o bem comum. O pastor Jota estava tentando explicar que não era bem assim, que as boas ações eram consequência de um novo nascimento. Marinho não tinha certeza se entendia bem a diferença. Esperava que, se seu filho nascesse naquele sentimento, com um impulso natalino, ele seria alguém altruísta e que mudaria o mundo. Não seria dessas pessoas que só pensam em si, não. Ele lutaria para criá-lo bem. E, se Maressa tentasse tirar o filho dele, os tribunais seriam envolvidos. Ah, se seriam.

Chegou o dia do procedimento. Marinho e Maressa tinham cada um o seu acordo com o Dr. Naguro. Foram à clínica às 7h; Dra. Teresa tinha que estar no aeroporto em Confins às 11h. Havia tempo hábil. Chegaram com 15 minutos de antecedência. O casal era sempre muito pontual. Cada um carregando seu segredo. Marinho bem acanhado, mas resoluto. Maressa sem pudor, fingindo alegria por estarem partilhando a seleção musical.

Ela foi para a sala de preparo e Marinho ficou numa salinha de espera especial para os pais. Agoniado, conseguiu cruzar o olhar com Dr. Naguro, que, com uma piscadela, assegurou-lhe que tudo estava certinho.

O que o médico não disse para Marinho era que, na verdade, iria implantar as duas *playlists* no embrião. O procedimento era registrado no computador da clínica, e Maressa havia pedido prova eletrônica de que o médico havia feito sua parte do acordo. Dr. Naguro iria, assim, violar mais um aspecto da ética envolvida – e com possíveis resultados desastrosos. A Organização Mundial de Saúde (OMS) desaconselhava que a musicoembriolização fosse feita com mais de 60 músicas. O máximo que o pequeno humano em formação aguentava eram 75, e a OMS recomendou essa margem de segurança. O limite de 50 que as clínicas utilizam visava uma folga de segurança ainda maior, para o caso de a *playlist* conter algumas canções especialmente longas. Dr. Naguro aplicou, sem pudor algum, 100 canções no pequeno filho do casal. Produziu as provas eletrônicas de que precisava – tanto para Marinho como para Maressa – e se foi satisfeito, atrás de seus sonhos automobilísticos. Desistira da Maserati, mas decidira-se por uma moto Ducati maravilhosa.

Marinho, com seus planos para um filho natalinamente inspirado. Maressa, com seu projeto de sucesso financeiro em andamento. Ou ao menos assim eles pensavam.

Foi na 21ª semana, durante uma ecografia de rotina, que tudo desabou. Gel melequento e gelado aplicado na barriga. Sorrisos e conversas amenas. Manhã feliz, manhã que ia em paz.

O médico torceu o nariz. Marinho sentiu na mesma hora que algo estava muito errado.

Lembrou-se de sua mãe torcendo o nariz desse mesmo jeito quando entrou em casa antes de toda a família, um dia voltando do shopping, e encontrou o gato da família morto num canto da sala. Ele era criança e aquele foi seu primeiro contato próximo com a morte. Sabia em seu peito que não sairia daquele consultório sem mais um contato.

As semanas após a musicoembriolização haviam sido calmas. Cada um dos dois guardando seu segredo e suas expectativas. Ela querendo alguém para salvá-la de um casamento do qual mal via saída. Ele querendo alguém para salvar o mundo de gente como ela e Dr. Naguro. Ele torcendo para vir alguém que inspirasse multidões. Ela, para vir alguém que lhe rendesse milhões.

O médico que fazia a ecografia lhes deu a péssima notícia. Foi cheio de tato, bem cuidadoso mesmo. O choro correu livre. "Eu teria sentido! Eu saberia se ele não estivesse vivo!

Eu sou a mãe! Eu saberia!" Maressa estava inconsolável. Marinho sentia como se tivesse morrido também, mas apenas se esquecendo de parar de respirar.

Em prantos, entraram em contato com a clínica; Dra. Teresa encaixou uma consulta para eles naquela tarde mesmo. Mesmo que fosse véspera de Natal, a médica gentilmente foi atendê-los. Eram os últimos horários antes do recesso de Natal e Ano-Novo.

A seleção musical da sala de espera tocava canções natalinas, uma após a outra. Dra. Teresa estava a caminho, e foram muitas canções sobre Papai Noel, renas, bonecos de neve e muito mais. Aquilo estava irritando Marinho sobremaneira. O mundo não entendia que ele estava de luto? Que era hora de escuridão, e não de luz? O pior momento foi quando Marinho reconheceu a voz de Elvis cantando *Blue Christmas*. A música é sobre uma pessoa cantando que vai ter um

Natal muito triste, pois não vai poder estar perto de quem queria estar. Aquilo fez novas feridas no coração já todo estraçalhado.

Todos devastados. Cada um por sua razão. Dra. Teresa Diamantina genuinamente amava seus clientes e sentia cada perda. O casal sequer sabia a quê se agarrar. Eles não sabiam que a inserção de demasiada informação havia causado uma sobrecarga no sistema neurológico do bebê, o que por sua vez levou a uma parada cardíaca. Ficou registrada como uma morte sem explicação.

Dra. Teresa lamentou muito. Disse que era assim mesmo; que, infelizmente, mesmo com todo o avanço científico, há coisas que fogem ao nosso controle. Na árvore de Natal do casal, havia diversos brinquedinhos e roupinhas embrulhadas. Os familiares haviam dado muitos utensílios e equipamentos para ajudar o casal na preparação para a chegada de mais uma criança. O irmão mais velho tinha feito muitos desenhos imaginando a vida com o caçulinha.

Uma escuridão incapacitante tomou conta de Marinho de uma forma tal, que ele sequer conseguia compreender. Não tinha ideia do que de fato havia ocorrido. Não entendia seu próprio papel naquela tragédia. Maressa se fechou num luto uivante. Não buscaram consolo um no outro. Ela dormiu à base de remédios naquela noite. Marinhozinho dormiria logo também. Ela precisaria passar por um procedimento na manhã seguinte, mesmo sendo manhã de Natal.

Marinho saiu consternado, deixando esposa e filho sob os cuidados de sua sogra, e foi para a igreja. O pastor Jota tinha falado para ele ir ao culto se possível. Seria um culto especial de Natal e, já que Marinho andava tão interessado pelas músicas, por certo ia gostar. Haveria ceia comunitária em seguida, para aqueles que desejassem ficar. A ideia era liberar todo mundo até 21h.

Marinho se sentia mal de deixar a esposa naquele estado, mas sabia que a sogra cuidaria bem dela. Ele precisava sair. O peso das coisas que estavam em sua mente era brutal. Andou até a igreja, a apenas vinte minutos de sua casa. Quando entrou, a igreja já cantava o primeiro hino. A canção era conhecida dele. *Nasce Jesus*.

Ele se juntou ao grupo de fiéis que cantava com alegria. Ficou num banco mais ao fundo, para o lado esquerdo. Cantava sem sentir vontade, mas com a esperança de que a música fizesse nele o que sonhava que tivesse feito em seu filho. Enquanto se ajeitava, ia ouvindo sobre Jesus e seu justo império. Sobre um reino bendito, um reino de amor divino. Ficou feliz de não precisar conversar com ninguém. Julgava-se incapaz de falar sobre a perda tão recente, de falar sobre coisa alguma com qualquer pessoa naquela noite.

Ainda de pé, após o hino, fizeram uma leitura bíblica em voz alta. O pastor Jota leu sobre o anúncio que o anjo Gabriel fez para Maria, falando a respeito de ela estar grávida pela ação do Espírito Santo de Deus. Ele chorou quieto. Por que Deus não segurou o seu filho no ventre de Maressa? Tudo o que Marinho queria era ter um filho que abençoasse as pessoas. Que fosse bom. Que nem Jesus havia sido bom. Parecia-lhe especialmente cruel Deus ter dado e depois tirado. Melhor seria nem ter dado.

O culto foi alternando entre leituras, orações e músicas. Cantou sem muito entusiasmo *Oh, vem, Emanuel*. Ficou reparando no quanto o violonista desafinava no refrão. Um dos versos, porém, ficou em sua mente:

*Oh, vem aqui nos animar
E nossas almas despertar
Dispersa as sombras do temor
E vence toda morte e dor
[...]
Que a morte possa dominar
E a vida eterna alcançar.*

Seria isso? Ele não sabia muito sobre Jesus. Mas sabia que Emanuel é uma das formas pelas quais ele é conhecido. Achou curioso uma música pedindo para Jesus vir, sendo que o Natal é a lembrança de que ele já veio. Ficou intrigado com aquilo. E chorou de novo pensando no seu filho que não viria mais. "Sombras do temor". Era bem isso que ele estava sentindo. Como se houvesse entrado num vale escuro e medonho. Será que seu filho dominou a morte e alcançou a vida eterna? Ele cria que sim. O pastor já tinha falado sobre isso outro dia quando pregou sobre a morte de um filho do rei Davi.

Pastor Jota leu uma passagem bíblica do Antigo Testamento. Marinho não a conhecia. Na verdade, nem conseguiu encontrar na Bíblia a tempo de acompanhar a leitura. Estava irritado consigo mesmo. Com a vida. Com Maressa. Com Deus. Com os médicos. Com a tecnologia. Com a sua lista de músicas de Natal. Então, após a leitura que ele não alcançou, começou a tocar uma das músicas que ele havia mais gostado de incluir na sua seleção musical.

> *Ó noite santa de estrelas fulgurantes*
> *Ó linda noite em que o Cristo nasceu*
> *Estava o mundo pecador errante*
> *Até que o Cristo na terra apareceu"*

Marinho ia cantando e pensando em como queria que seu filho fizesse diferença.

Em seu casamento, em sua vida. Na história do mundo. Assim como Jesus fez. Se Jesus mudou o mundo, será que o filho que se foi não poderia ao menos mudar a vida dele?

Ele ficou pensando nos planos que fizera para seu segundo filho. Seria realista imaginar que, por ter músicas natalinas implementadas na fundação informacional de seu próprio ser, o filho seria parecido com Jesus? A tristeza de Marinho passava por seu anseio por um salvador. Por alguém que pudesse transformar a noite em dia. E agora a noite era ainda mais profunda.

Ele nunca conheceria seu segundo filho. Maressa e ele não haviam concordado ainda quanto a um nome para ele. E agora provavelmente jamais o fariam. Como ele pôde ir assim, sem nem se despedir? Era coisa demais refletir sobre aquilo. Ele cantava e chorava. Quando estamos na escuridão, a gente fica imaginando se vai chegar a hora de parar de chorar.

"Pode ser que eu morra hoje, pai." Por alguma razão, aquela frase estava na mente de Marinho. Se ele tivesse me avisado, eu teria me despedido. Se ele tivesse dado de alguma forma um sinal do que estava por vir, eu teria ficado por perto, com a mão sobre o ventre de Maressa. Teria sim. Mesmo com raiva dela. Claro que teria. Para que ele fosse sentindo que era amado. "Quando você se foi, filho? Estávamos em casa? No trânsito? Na igreja? Foi de noite? Será que foi num domingo? Isso é dia de qualquer das criaturas de Deus morrer?"

O pastor Jota começou o sermão; era uma história que Marinho não conhecia. Algo sobre o rei Davi. Marinho já tinha ouvido muitas histórias de Davi e sempre achou que ele e seus companheiros eram meio que um bando de homens ferozes e justos vagando pelo deserto fazendo o bem. Que nem uns jagunços do sertão. Queria conhecer Davi. Adoraria ter sido um dos valentes dele. Mesmo, naquele momento, não se sentindo nada valente. A história que ouviu naquele sermão o fez amar Davi ainda mais.

A história do sermão era sobre um tal Mefibosete. "Quem dá um nome desses para o filho? Se eu sugerisse algo assim para a Maressa, ela me chamaria de paspalho."

O pastor contou sobre Mefibosete: "Era neto do antigo rei de Israel, Saul. Filho de Jônatas. Em certo momento, quando ainda era criança, ele se tornou aleijado numa fuga desesperada para salvarem sua vida. Viveu meio escondido e fora de cena. Uns vinte anos antes, Davi havia prometido a seu grande amigo Jônatas que cuidaria dos descendentes dele. E tinha esse homem, aleijado dos dois pés, vivendo meio escondido num lugar sem destaque algum. Esperando a morte chegar. E Davi resolveu mostrar amor para ele".

"Eu estou assim", pensou Marinho. "Com essa decepção toda, só esperando a morte chegar. Quem poderia me mostrar amor agora?"

O pastor contou então sobre como Davi fez algo magnífico. Mandou chamar Mefibosete e, na prática, o adotou como seu filho. Colocou-o para dentro de casa. Ele o pôs para comer em sua mesa. Garantiu-lhe terras e subsistência. O pastor explicou que isso é o que Jesus veio fazer por nós, ou algo assim. Que Natal é quando Deus se faz criança e nasce entre nós, para que a gente possa nascer de novo, dessa vez na casa do Pai celestial. Que todos somos espiritualmente incapazes, mas, se tivermos a Cristo, viveremos em sua casa para sempre.

Marinho amou o que ouviu. Não tinha certeza se entendia tudo, mas gostava do que ouvia. Um nascimento que muda tudo. É o que esperava para seu filho. Mas esse nascimento assim nunca aconteceria de novo neste mundo.

O pastor Jota falou sobre a história de uma canção. Explicou que, em 1818, numa véspera de Natal, um homem chamado Joseph Mohr, cura de uma paróquia romana em Oberndorf bei Salzburg, fez um pedido especial e emergencial para o Sr. Franz Gruber, que era o organista da igreja de Arnsdorf, ali perto. Queria que ele escrevesse a música para um poema que ele tinha composto anos antes. Simples assim. Para duas vozes e violão. Algo simples e memorável de cantar. O órgão da igreja estava fora de ação, por causa de uma terrível enchente que alagou o edifício. Como ter um Natal sem cantar? Em poucas horas, Franz fez a música. Foi o que deu para sair. Assim, às pressas. Assim, sem muito tempo. Será que ficaria bom? Será que das trevas pode vir luz?

"Daqui a pouco cantaremos essa canção, feita às pressas. O nome dela é *Stille Nacht*. Nós a conhecemos como *Noite de paz*."

Aquilo chamou Marinho de volta ao momento. Ele estava espiralando novamente em crise de choro. O pastor Jota tinha percebido lá do púlpito e feito uma anotação mental para procurar o Marinho logo que possível.

Marinho pensava na canção que ele e tantos amavam. Sim, de circunstâncias ruins pode surgir algo que muda tudo. O que seria dele? O que seria de Maressa? Será que, de alguma forma, algo belo poderia sair dessa tragédia? "Dorme em paz, oh, Jesus." Era o que ele queria agora para seu filho. Que ele dormisse em paz. Ou, melhor, que acordasse perto de Cristo.

Marinho fica repassando tudo aquilo e tentando entender que luz pode brilhar naquela escuridão. As músicas estavam em sua mente. Nunca iriam influenciar seu filho, mas, em definitivo, estavam movendo-o fortemente. Marinho ia desse jeito, prestando atenção na mensagem ao mesmo tempo que se lembrava de seu vale da sombra da morte. O pastor insistia que o nascimento de Jesus foi diferente de todos os outros, pois ele nasceu para morrer. É claro, todos nós que nascemos um dia morreremos. Mas no caso daquele bebê era esse o plano. O único neném que nasceu com esse objetivo. Pensar sobre bebês e morte naquele momento era tudo o que Marinho não queria. Então, na escuridão veio a luz. Marinho chorava demais com o que ouvia. Para sua surpresa, o pastor Jota juntou aquilo tudo na conclusão de sua mensagem. Até o Salmo 23, que era o único que Marinho conhecia de cor, entrou na conclusão da mensagem do pastor:

"Nós não nascemos na casa de Jesus, o filho de Davi. Mas ele fez por nós algo muito parecido com o que Davi fez por Mefibosete. Éramos inimigos dele. Mas ele se fez carne e habitou entre nós para que nos tornássemos parte de sua casa. Alguns de vocês já nasceram em famílias que amam a Jesus. Seu Natal já foi cristão desde o primeiro dia. E talvez vocês nem se lembrem de ser diferentes. Outros vieram a ser parte da casa por meio de um novo Natal, um novo nascimento do qual nos lembramos. Como nessa história, Natal nos lembra um banquete em que gente indigna é recebida, não? Natal nos lembra que alguém veio para nos prover o que precisávamos. Nos lembra de que nada nos faltará. *Ele me faz repousar em pastos verdejantes, leva-me para junto das águas de descanso.*

"Natal nos lembra de que cearemos à mesa dele. Já temos uma prévia dessa mesa sempre que partilhamos do pão e do vinho, mas, um dia, até Davi será um mero convidado diante daquele que é seu Filho e seu Senhor. *Preparas-me uma mesa na presença dos meus adversários. Meu cálice transborda.*

"Natal nos lembra de que não é pelo que merecemos, mas é pelo amor de quem quis nos receber. *Bondade e misericórdia certamente me seguirão todos os dias da minha vida.* E, sabe, enquanto a próxima vida não chegar, várias das situações que passamos e que nos atrasam continuarão aqui. Mefibosete seguia aleijado de ambos os pés. Mas agora ele está sentado à mesa do rei. Ele é acolhido como filho, ele é protegido. Ele tem toda a provisão que for necessária. Ele foi adotado. *E habitarei na casa do Senhor para todo o sempre.* E dessa casa nova você nunca será expulso. Assim, mesmo a pior noite pode ser uma noite feliz, uma noite de paz. Mefibosete é coxo de ambos os pés. Mas ele está abrigado pelo ungido do Senhor. Isso basta, não?"

Marinho saiu do culto em lágrimas enquanto a igreja cantava *Noite de paz* após o sermão. Não tinha desejo de participar do jantar comunitário. Queria, sim, uma mesa onde se assentar, mas sentia que talvez não a encontrasse nesta vida. Depois procuraria o pastor Jota para conversar, mas não era hora. Seu filho se fora. Sua esperança. Mas, se ele e o filho estão abrigados por Jesus, isso deve bastar, não? Dá para ter uma noite de paz ainda assim?

Resolveu andar. Ligou para a sogra, e toda a casa dormia em segurança. Vagou pela noite belorizontina. Naquela véspera de Natal, ficou surpreso em ver que até naquela noite santa tinha muita gente vagando como ele. Prostitutas em busca de improváveis clientes. Bêbados procurando abrigo e pessoas na rua já costumeiramente abrigadas. Cachorros em bando procurando comida, mal sabendo que poderiam mais tarde se alegrar com sobras de peru e tender. Começava a chover de leve. Marinho não se importou. Era bom ter chuva se juntando às suas lágrimas.

Ele andou, e andou a noite toda. Suas meias molhadas rasgaram seu pé em diversas bolhas e feridas. Andou em direção à lagoa. Chegou bem quando o sol começava a nascer. Após trevas, luz.

"Pode ser que eu morra hoje", pensou Marinho, resignado, "mas pode ser que não. O que eu faço?" Mais fácil morrer. Não seria nada simples lidar com o que aquele dia lhe traria. Em pouco tempo teria de estar com Maressa no hospital para o procedimento. E teria de lidar com a situação deles em algum momento. Não tinha a menor ideia do que se passaria. "Tem momentos em que quero morrer, mas sigo vivendo. Acho que, no dia em que me der conta de que vou morrer, vou lamentar e querer continuar seguindo. Ou talvez não. Vou lembrar que tenho um filho que nunca conheci me esperando para mostrar a casa que me aguarda. Ainda bem que existe a expectativa de uma noite feliz, pois esta não está nada assim. Pode ser que eu morra hoje. Mas, infelizmente, parece que não. Ou felizmente. Não sei. Deus o sabe. Acho que isso vai ter de bastar."

Ele sentia os primeiros raios do sol nascente, luz que vinha voando do leste para seus olhos e bochechas. Estava escuro, e estava claro. Talvez a vida seja assim mesmo. Escura e clara. Nossos olhos por vezes se acostumam tanto às trevas, que não reagem bem à luz. Por vezes se apaixonam tanto pela luz, que se esquecem de que aqui é terra de dia que vira noite e noite que vira dia, e tudo isso sem muito aviso. Talvez a vida seja, no final das contas, crepuscular.

Notou uma família de capivaras que surgia ali perto, bem quando a noite virava dia. Um casal e dois filhotes saíam da água. Um filhote ficou para trás, interessado em uma flor. Alguém no grupo assobiou. O filhote se apressou e os seguiu. Pareciam em paz. Andavam tranquilas como quem sabe que o mundo acaba bem.

AGRADECIMENTOS

Agradeço aos muitos apoiadores que tive ao longo do projeto. Agradeço aos leitores, que sempre me encorajaram e desafiaram.

Agradeço a toda a equipe da Pilgrim e da Thomas Nelson Brasil: Leo Santiago, Samuel Coto, Guilherme Cordeiro, Guilherme Lorenzetti, Tércio Garofalo e muitos mais. À Ana Paula Nunes, que me deu a ideia de lançar um ano de histórias. Ao Anderson Junqueira, pelo belíssimo projeto gráfico. À Ana Miriã Nunes, pelas capas e ilustrações maravilhosas. Ao Leonardo Galdino, à Eliana e à Sara, pelas revisões. À Anelise e à Débora, que por seu constante apoio fazem tudo ser mais fácil.

Aos presbíteros e pastores da Igreja Presbiteriana Semear, por me apoiarem neste projeto.

Sempre há mais gente a agradecer do que a mente se lembra. Sempre um exercício prazeroso bem como doloroso.

Agradeço aos envolvidos na existência do Natal. Pai, Filho e Espírito Santo. Ao Senhor, toda a glória.

SOBRE O AUTOR

EMILIO GAROFALO NETO é pastor da Igreja Presbiteriana Semear em Brasília. É autor de *Isto é filtro Solar: Eclesiastes e a vida debaixo do Sol* (Monergismo), *Redenção nos campos do Senhor: as boas-novas em Rute* (Monergismo), *Ester na casa da Pérsia e a vida cristã no exílio secular* (Fiel) e *Futebol é bom para cristão: vestindo a camisa em honra a Deus* (Monergismo), além de numerosos artigos na área de teologia.

Emilio é professor do Seminário Presbiteriano de Brasília e professor visitante em diversas instituições. Ele completou seu PhD no Reformed Theological Seminary, em Jackson (EUA) e também é mestre em teologia pelo Greenville Presbyterian Theological Seminary e graduado em Comunicação Social/Jornalismo pela Universidade de Brasília.

Emilio é louco pelo Natal. Já começa a colocar canções natalinas na liturgia de sua igreja em outubro.

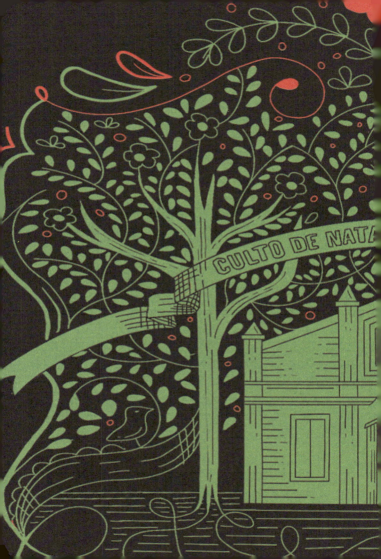

OUÇA A SÉRIE *UM ANO DE HISTÓRIAS* NARRADA PELO PRÓPRIO AUTOR!

Na Pilgrim você encontra a série *Um ano de histórias* e mais de 7.000 **audiobooks**, **e-books**, **cursos**, **palestras**, **resumos** e **artigos** que vão equipar você na sua jornada cristã.

Comece aqui

Copyright © Emilio Garofalo Neto.
Os pontos de vista dessa obra são de responsabilidade
dos autores e colaboradores diretos, não refletindo
necessariamente a posição da Pilgrim Serviços e
Aplicações ou de sua equipe editorial.

Revisão
Leonardo Galdino
Eliana Moura Mattos
Sara Faustino Moura

Capa e ilustrações
Ana Miriã Nunes

Diagramação e projeto gráfico
Anderson Junqueira

Edição
Guilherme Lorenzetti
Guilherme Cordeiro Pires

Dados Internacionais de Catalogação na Publicação (CIP)

G223p Garofalo Neto, Emilio
1.ed.   Pode ser que eu morra hoje / Emílio Garofalo Neto.
        – 1.ed. – Rio de Janeiro: Thomas Nelson Brasil;
        São Paulo : The Pilgrim, 2021.
        80 p.; il.; 11 x 15 cm.

        ISBN : 978-65-56894-15-7

        1. Cristianismo. 2. Contos brasileiros.
        3. Ficção brasileira. 4. Teologia cristã. 5. Vida cristã.
11-2021/22   CDD B869.3

Índice para catálogo sistemático:
Ficção cristã : Literatura brasileira B869.3
Bibliotecária responsável: Aline Graziele Benitez CRB-1/3129

Todos os direitos reservados a
Pilgrim Serviços e Aplicações LTDA.
Alameda Santos, 1000, Andar 10, Sala 102-A
São Paulo — SP — CEP: 01418-100
www.thepilgrim.com.br

*Este livro foi impresso
pela Ipsis, em 2021, para a
HarperCollins Brasil.
O papel do miolo é pólen
soft 90g/m², e o da capa é
couché fosco 150g/m²*